もり
森のとしょかんの
ひみつ
小手鞠るい・作　土田義晴・絵

ぼくの得意なこと。
それは、本を読むこと。
そよ風さんにページをめくってもらいながら、
本を読むのがぼくは好きだ。
本の中には物語がある。
春には生まれたばかりのあたらしい物語が、
夏には力強い太陽みたいな物語が、
秋には赤や黄に色づいた物語が、
冬にはまっ白な雪につつまれた物語が、
本のとびらをひらくと、飛びだしてくる。

得意なことは、ほかにもある。
それは、木かげをつくること。
本を読むのが大好きな
森のなかまたちのために、
枝をのばして葉っぱを広げて、
ぼくもいっしょに本を読む。
やさしい雨さんと金星くんと、
お月さまと雲くんは、ぼくの友だち。
ぼくの名前？
——みんなからは「かえでくん」とよばれているよ。

もくじ

1　いそがしい一日（いちにち）

「むむ、なんだかきょうはいそがしいぞ」

そよ風にのって、あごひげ館長のつぶやき声が聞こえてきた。

「朝ごはんを食べるひまもない。ああ、はらぺこだ」

ここは、森のとしょかん。

入り口に立って、たずねてくるなかまを出むかえたり、見送ったりするのが、ぼくのしごとだ。

本を読んでいるなかまがいれば、夏にはすずしい木かげをつくって、秋には落ち葉の雨をふらせながら、ぼくも楽しい時間をいっしょにすごす。

ぼくの太い幹には、「もりのとしょかん」ときざまれた、木のかんばんがかかっている。

「むむ、きょうはもうれつにいそがしいぞ」

たしかに、きょうのあごひげ館長は、大いそがしだ。

朝から、休むひまもなく、はたらいている。

朝、あたりがまだ暗いうちにやってきたのは、野うさぎパティシエだった。

「あごひげ館長！　たいへん！　ももの本！　ピーチパイのつくり方！　本日のデザートなの。スパイスとして、何と何を入れたらいいのか、わすれちゃった！」

野うさぎパティシエに起こされて、あごひげ館長は大あわてで『ものお菓子の大研究』という本をさがしだして、野うさぎさんに手わたした。

「ありがとう！　たすかったわ。焼きあがったら、館長も食べに来てね」

「成功をいのるぞ。さとうと塩をまちがえんようにな」

野うさぎパティシエが去っていくのと入れかわりにやってきたのは、くろくまレストランのくろくまシェフだった。

「館長、朝早くから失礼いたします。ゆうべ、森の奥で、めずらしいきのこを見つけたので、料理に使ってみたいと思うのですが、これがほんとうに食べられるのかどうか……」

「ふむふむ、それが毒きのこだったら、たいへんなことになるな。待ってなさい」

あごひげ館長はふたたびどうくつのなかへ入っていくと、『きのこのすべてがわかる本』を見つけだしてきた。

くろくまシェフを見送って、ほっとひと息ついているところへ、息をきらしてかけこんできたのは、ひつじ郵便局長だった。

「おねがい。大急ぎで、『どうぶつ漢字大辞典』をとってきて。どうしても読めない漢字がひとつだけあって、配達ができないの」

「どれどれ、見せてごらん。わしに読めるかもしれん」

――ひみつのもり気つけ　楓さまへ

「ううう、これは手ごわい」

ひつじ局長から手わたされた絵はがきに書かれている漢字「楓」は、あごひげ館長にも読むことができなかった。

どこかで見たことのある漢字だな、と、ぼくは思っていた。

でもぼくにも、正しい読み方はわからなかった。

出てきたばかりのどうくつにまたもぐりこんで、館長は、ほこりをかぶった大辞典をとりだしてきた。

「ありがとう。さっそく調べてみるわね」

ひつじ局長は、切りかぶのテーブルの上に辞典をおくと、しばらくのあいだ、ページをめくっていた。

ぼくもいっしょに辞典をのぞきこんでみた。

辞典をパタンととじると、ひつじ局長は言った。

「おかしいわね、どこにものってないわ、この漢字」

「どれどれ、もういちど、見せてごらん」

あごひげ館長はそう言って、絵はがきをとりあげると、その漢字をじっと見つめた。じっと、じっと、じぃーっと。

それからふと、ぼくのほうへ目をむけた。

下から上まで、ぼくのすがたを見た。根もとから、枝のてっぺんまで。すみずみまで、一枚一枚の葉っぱまで、じっと、じっと、じぃーっと。

「なんだ、思いだしたぞ。これは『かえで』と読むんだ。あの木の名前だ。『森の木漢字辞典』で調べれば、すぐにわかっただろう。ひつじ局長、配達、ごくろうさま」

ぼくも思いだした。ぼくの名前は、木へんに風、「楓」と書くんだった。

あごひげ館長は、ぼくにとどいた絵はがきを読んでくれた。

ひみつの森の楓さま
わたしが本を読んでいるとき、いつもすずしい木かげをつくってくれて、ありがとう。お礼に、かわいいりんごの木のカードをおくります。
野ねずみより

つぎにたずねてきたのは、きつね音楽教室のスミレ先生だった。

「来月のピアノのコンサートで、どんな曲をひけばいいか、頭をなやませているの。みんなが幸せな気持ちになれるような、すてきな曲はないかしら」

「幸せな気持ち、幸せな気持ち、幸せな気持ち、ふむふむふむー」

あごひげ館長は、おまじないをとなえながら、まっ白なあごひげをつかむと、根もとから先にむかって、すーっと一回、なでた。

「ベートーヴェン、ブラームス、バッハ、ショパン、モーツァルト、シューベルト……いや、そうじゃない。動物による、動物のための、もっとすてきな音楽があったはずだ」

つぶやきながら、どうくつのなかにすがたを消して、出てきたときには『ピアノ名曲集――どうぶつの幸せ』を手にしていた。

「やれやれ、いそがしい。これじゃあ、ひるねをするひまもない」

あくびをするひまも、としょかん日誌を書くひまもないようだ。

そのあとにも、おおかみ消防署長、かめばあさん、りすのきょうだいのドンちゃんとグリちゃんが、入れかわり立ちかわり、やってきた。

「館長、このあいだ、となりの森で山火事がはっせいしました。なぜ自然に火災が起こるのか、今のうちにじっくり研究しておきたいと思います」

「あごひげ館長さんや、かけっこで、うさぎに勝つには、どうすればええかの？」

「森のとしょかんがどうやってできあがったのか、誕生のひみつを知りたいんですけど」

「さいしょはちょっと悲しくて、涙が出そうになって、でもさいごはとっても幸せな気持ちになれる本が読みたいです」

「あごひげ館長、こんなふしぎな形をした木の実を見つけたんだけど、かしだされていた『動物による動物のための木の実とたねの大図鑑』の（下）は、もうもどってきた？」

そこへ、こぶたくんがやってきて──

「あごひげ館長、『百ぴきのこぶた』という童話の本を読みたいんですが」

あったかなぁ、そんな本。

『三びきのこぶた』なら、ぼくも読んだことがあるけれど。

「むむむむむーいそがしすぎるー」

あごひげ館長はとうとう、さけびだしてしまった。
さけび声を聞きながら、ぼくは思った。
あごひげ館長のための本――『スマートなとしょかんのつくり方』
があったらいいのにね。

2

あごひげ館長のすいせん図書

いそがしい一日から、それほどいそがしくない一週間がすぎた、ある朝のこと。

「むむ、きょうもいい天気だ。じつに気持ちのいい朝だ。きょうもひまな一日になるといいのだが」

ひとりごとをつぶやきながら、いつものように、はらぺこ草原へ出かけて、朝ごはんをおなかいっぱい食べたあと、お気に入りのハンモックにもぐりこんで、あごひげ館長は、大好きな「朝からおひるね」をしようとしている。

ぼくはそよ風さんといっしょに、あごひげ館長のために、こもり歌を歌ってあげた。

おやすみ、館長、あごひげ館長、
夢のなかで、楽しい夢を見てね。
目ざめたら、夢の話をして。
夢の森には、どんなとしょかんが……

こもり歌はそこで、プツン、と、とぎれた。

「おはようございます！」

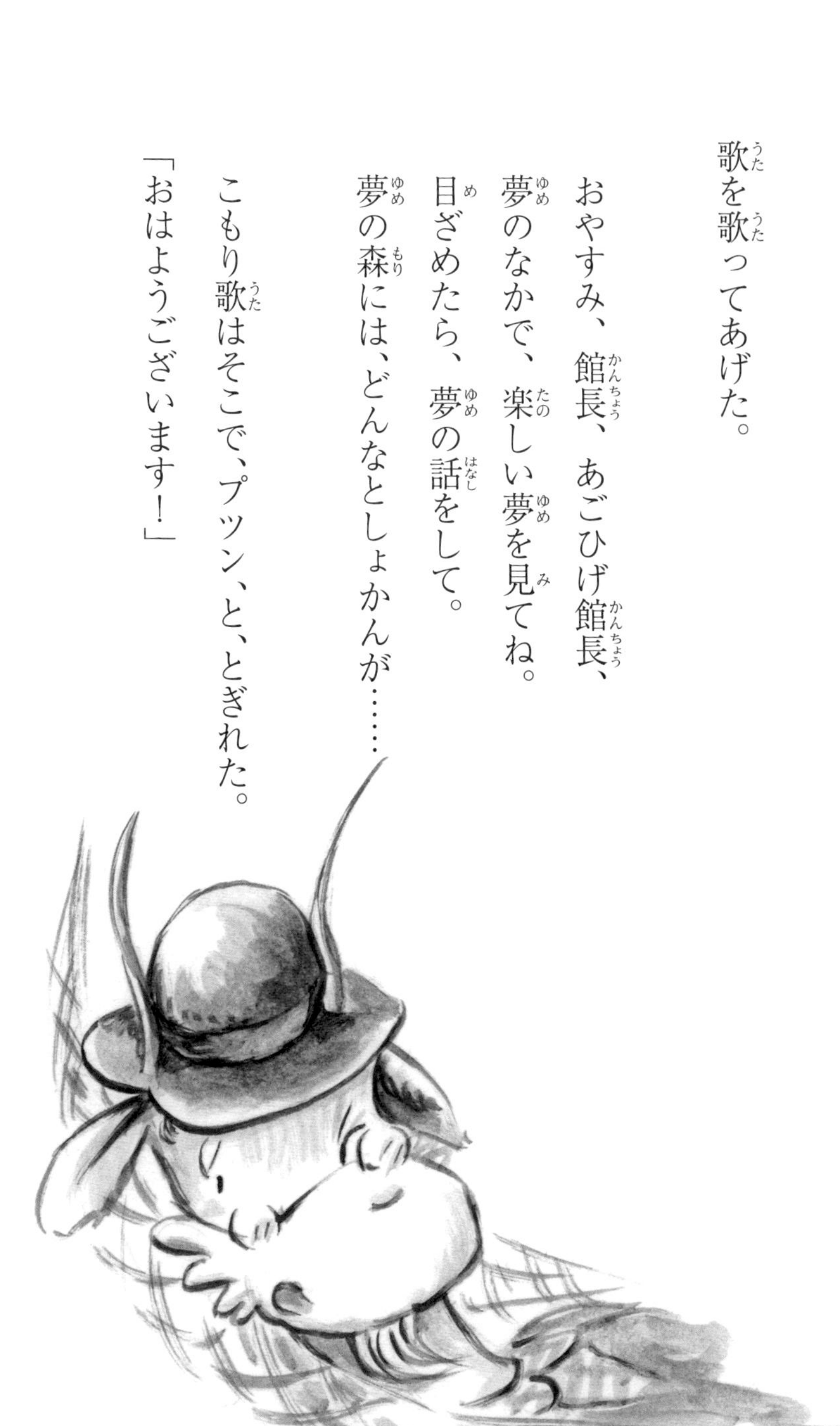

くろくまシェフのげんきな声が、あたりにひびきわたったからだ。

あごひげ館長は、ぱちっと目をさました。

「むむ、なんだ、だれかと思ったら、くろくまさんか。また何か、こまったことでもあったのかな？」

ずりおちているめがねをなおしながら、あごひげ館長はそうたずねた。

くろくまシェフは「にこにこ顔」で答えた。お出かけ用のぼうしをかぶって、大きなかばんを手にしている。

「いえ、こまったことはありません」

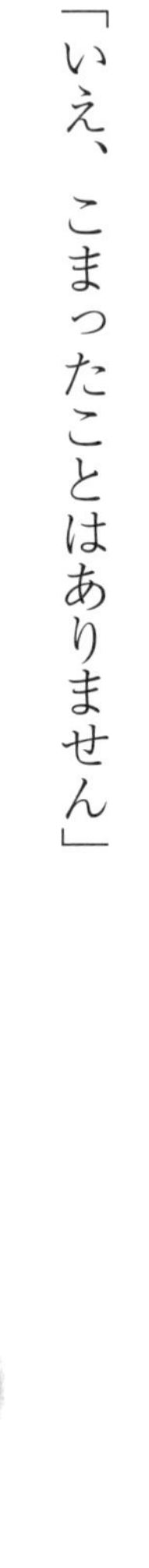

「ふむふむ、それでは何か、なやんでいることでも？」

「いえ、とくになやみもありません」

「ふーむ、それでは何か、レストランで解決するべき問題でも？」

「いえ、問題もありません」

「ふむ、それでは何か心配ごとでも？」

「いえ、心配ごともありません」

「わかったぞ！　きょうのランチにどんな料理を出せばいいか、メニューの相談だな？」

「いえ、相談でもありません。本日のメニューは、森のきのこのパスタと、わくわく顔のパンです。デザートは、アーモンドタルトと虹色のマカロン。しこみはすべて終わっています」

「むむむ、なんとすばらしい。まるで夢のようじゃ。いかん、いかん、また、はらがへってきたぞ」

くろくまシェフは、あごひげ館長のよだれに気づいて、にっこり笑った。

それからふっと、ぼくのほうに目をむけて、こんなことを言った。

「しばらくのあいだ、かえでくんとも、森のとしょかんとも、おわかれです。きょうは館長に『ありがとうとさようなら』を言いに来たのです」

「むむっ！　むむむむっ？　それはいったい」

どういうこと？

と、ぼくも思わず声をあげそうになった。

おわかれって？

くろくまシェフは静かに、話をつづけた。

「あごひげ館長と森のとしょかんのおかげで、くろくまレストランはいつも、お客さんでいっぱいです。野うさぎパティシエもいっしょうけんめい、がんばってくれています。野うさぎさんの料理の腕も、ずいぶんあがりました。そこで、レストランを野うさぎさんにまかせて、ぼくはこれから、地球旅行をしようと決めました」

「ち、ちきゅう、りょこう？」

「はい、地球上のいろいろな森へ旅をして、世界中のどうぶつレストランをたずねて、料理の勉強と研究をしたいと思っています。もどってきたときには、もっとおもしろい、もっとおいしいレストランをつくりたいのです。まるで夢のようなレストランを」

「夢のレストラン。なるほど、それはすばらしい。すばらしいアイディアじゃ。わしはおうえんするぞ。ぜひ、行ってきなさい。くろくまシェフよ、大志をいだけ」

「ありがとうございます。あごひげ館長には、ほんとうにお世話になりました」


その昔、くろくまシェフがレストランをひらいたばかりのころ、お客さんはひとりも来なかった。

今でもぼくはよく覚えている。

くろくまシェフが泣きそうな顔になって、森のとしょかんをたずねてきた日のことを。

どうすれば、レストランにお客さんが来てくれるのか。

相談を受けて、あごひげ館長は、一冊の本をくろくまシェフにかしてあげた。

その本を読んではじめて、くろくまシェフは料理のひみつを知り、レストラン成功のひみつに気づいたのだった——。

「長い旅になるかもしれん。くれぐれも体に気をつけてな。悪い人間にだまされないように。ときどきは、たよりを送ってきなさい」

「はい、かならず、手紙を書きます」

あごひげ館長は、くろくまシェフの手をにぎりしめて言った。

「こまったことがあったら……」

そこでふっと、館長のことばがとぎれてしまった。

ぼくにはその理由がわかった。

遠いところへ旅に出たら、こまったことがあったって、森のとしょかんへは来られない。

じゃあ、どうすればいい？

ふむふむふむーっ。

あごひげ館長は、おまじないをとなえながら、あごひげを根もと

から先にむかってすーっと一回、なでた。それから、うつむいていた顔をぱっとあげた。

「そうだ、ちょっと待ってなさい。いい本がある。すぐにとりだしてくるから。こまったことがあったときに、たすけてくれるかもしれん。館長のすいせん図書だ。それを持っていきなさい。そうすれば、何があってもだいじょうぶだから」

「ありがとうございます」

どうくつのなかに入っていったあごひげ館長が、ふたたびすがたをあらわしたとき、館長の手には、ほこりをかぶった一冊の本がのっかっていた。
古そうな本だ。
タイトルも作者の名前も読めない。
ん、待てよ。ちょっとだけ文字が見えたぞ。
『……のひみつ』――
受けとったくろくまシェフが、ほこりをはらおうとした瞬間、
ハックショーイ！
ふたり同時にくしゃみをした。
つられてぼくもくしゃみをした。

あごひげ館長は、ぼくの枝から落ちた葉っぱを一枚、ひろいあげた。

「これをしおりにしなさい」

くろくまシェフは、本に木の葉をそっとはさんでから、かばんのなかに入れた。

「この本を旅のお守りにします」

3

夢の森のとしょかん

あれっ、どうしたんだろう？

ぼくの目の前で、ふしぎなことが起こっている。

くろくまシェフが「ありがとうとさようなら」を言いに来た日の夜のことだ。

いつもなら、ぐっすりねむっているはずのあごひげ館長が、切りかぶのテーブルの前にすわって、さっきからいっしょうけんめい、何かをしている。

ときどき、ぶつぶつ、むむむ、と、つぶやいている。

いったい何をしているのだろう？

せいいっぱい枝をのばして、ぼくは、あごひげ館長の手もとにおかれているものを見てみた。

ものすごく、ぶあついノートだ。

広げられたページの上には、小さくなった消しゴムがのっかっている。

うん、わかった。

あれはとしょかん日誌だ。

このところ、いそがしい日が多かったから、いや、ひまな日もあったんだけど、あごひげ館長はずっと、としょかん日誌をほったらかしにしていた。

だけど、夜に書くなんて、めずらしい。朝からおひるねをするのが大好きなあごひげ館長は、夜だって、明るいうちからおひるねをするのが大好きなのに。

いったいどんなことを書いているのだろう。

のぞいてみることにした。

八月一日、晴れのちくもりのち晴れのちくもり。

ひまな一日だった。来館者一名。くろくまシェフ。

かしだした本。えーっと、あれはなんという
タイトルだったか、むむむ、思いだせん。

そこまで書くと、あごひげ館長は右手にえんぴつをにぎりしめたまま、左手を胸にあてて、目をとじた。とじたまま、じっとしている。

くろくまシェフに、かしだした本のタイトルを、思いだそうとしているのだろう。

ぼくも知りたいと思った。『……のひみつ』の「……」のところ

には、なんと書かれていたのか。

ぱちっと目をあけると、あごひげ館長はつづきを書きはじめた。

ううっ、いたい、いたい、いたいぞ。
晴れのちくもりのち雨、雨、雨。ちがうちがう。
なんなんだこれは？　あばれるな、あばれるな。
なんだ、なんだ、なんだ……
さび、さび、さび……

これは「なんなんだ？」と、ぼくも首をかしげた。
わけのわからない文がつづいている。
あごひげ館長、いったいどうしたの？
としょかん日誌をパタンととじて立ちあがり、夜空で光っている
いちばん星くんを見あげた館長の顔を見たとき、「そうだったのか」
と、ぼくは気づいた。
めがねの奥のあごひげ館長の両目から、涙がふたすじ、流れおち
ている。
いたかったのは、館長の胸。

館長が雨かと思ったのは、じぶんの涙。

あごひげ館長の胸のなかであばれていたのは、さびしいという気持ちだったのだ。

だいじょうぶだよ、あごひげ館長。

そよ風さんのたすけを借りて、ぼくは、葉っぱをさわさわゆらせながら、あごひげ館長をなぐさめてあげた。

心配しなくていいよ。

くろくまシェフはきっと、げんきで、もどってくるから。

だから今夜は、ぐっすりねむるといいよ。

おやすみ、館長、あごひげ館長、
夢のなかで、おもしろい本を読んでね。
目ざめたら、本の話をして。
夢の本には、どんな物語が……

歯みがきをして、パジャマに着がえて、ベッドにもぐりこんだあごひげ館長のために、ぼくとそよ風さんがこもり歌を歌っていると、とちゅうから、やさしい雨さんもくわわった。

やさしい雨さんは、ほんとうに、こもり歌がじょうずだ。

聞いていると、ぼくだって、ねむくなってくる。

いつのまにか、あごひげ館長はすやすや、すうすう。やがて、すうすうがぐうぐうにかわって、涙もすっかりかわいて、涙のかわりに、にこにこ顔があらわれた。

よほど楽しい夢を見ているのだろう。

いったいどんな夢を見ているのかな。

ちょっと、のぞいてみようか。

うわぁっ！　すごい！

ぼくは思わず、さけび声をあげてしまった。

なんなんだ、これは！

あごひげ館長の見ている夢のなかには、夢の森が広がっていて、そこにはもちろん、夢の森のとしょかんがあるのだけれど、そのとしょかんの本ときたら、ものすごい数なのだ。

地面から空のかなたまで、本がぎっしり。

もしかしたら、星の数よりも多いかもしれない。

「本のうちゅう」と名づけたくなる。

本のうちゅうを、あごひげ館長はロケットにのってすいすい、気持ちよさそうに飛んでいる。

あっ、あっちからもロケットが飛んできたぞ。

そうじゅうしは、くろくまシェフだ。

そうか、あごひげ館長は夢のなかで、くろくまシェフといっしょに、うちゅう旅行に出かけているんだね。

いつのまにか、そよ風さんとやさしい雨さんは去っていき、かわりに、雲くんがつれてきたお月さまが、ひみつの森をてらしはじめた。

あごひげ館長は、お月さまの光につつまれて、夢の森のとしょかんを探検している。
にこにこ顔は、げらげら顔にかわっている。
まるで「ゆかい、ゆかい」って言ってるみたいだ。

4 いそがしいのにひまな日

チリリリリーン。

すずやかな鈴の音があたりにひびきわたって、森のとしょかんに、ひつじ郵便局長がやってきた。

ひつじ局長は、ぼくの近くに自転車をとめると、お気に入りのハンモックで、すやすやおひるね中のあごひげ館長に声をかけた。

ゆうびんでーす。

そんな声が聞こえてくるだろうと思っていたのだが、ちがっていた。

「さあ、始めるわよ!」

えっ？　いったい何を始めるの？

そういえば、きょうのひつじ局長は、いつもの制服すがた――黄色いボタンのついている、青いジャケット――ではない。赤いぼうしもかぶっていないし、郵便物でふくらんだかばんも持っていない。ぼうしのかわりに、頭には、はちまきをまいている。半そでのシャツに半ズボン。足には運動ぐつ。まるで運動会に出場する選手のようだ。

「ふわぁぁぁ……ねむいねむい」

あくびをしながら目をさましたあごひげ館長に、ひつじ局長は言った。

「館長は、起きてこなくてもいいわ。きょうはゆっくり、好きなだけおひるねしてていいのよ」

やさしくそう言うと、ひつじ局長は、森のとしょかんの入り口からなかへ、すーっとすがたを消してしまった。

「そうか、そうか、ふむふむふむむ……」

あごひげ館長は安心したような顔つきになって、ふたたび目をとじた。にっこり笑っている。このあいだ見ていた、うちゅう旅行の夢のつづきにもどったのかな。

「たいへん、たいへん、ねぼうして、おそくなっちゃった」
ひとりごとをつぶやきながら、つぎにやってきたのは、きつね音楽教室のスミレ先生だった。

あれっ？

スミレ先生のファッションも、いつもとはずいぶんちがう。

胸あてのついているエプロンは、野うさぎパティシエから借りたのだろうか。頭には、スカーフをまいている。手に持っているのは、ほうきとちりとり。

これから大そうじでもするのかな。

スミレ先生は、ぐっすりねているあごひげ館長には声をかけないで、ひつじ局長と同じように、としょかんのなかへ入っていった。

そのあとにも、立てつづけに、森のなかまたちがたずねてきた。

こぶたくん、りすのきょうだいのドンくんとグリちゃん、たぬきくんと、しかのファミリー、いのししタクシーの運転手、野ねずみちゃん。ほかにもまだまだ。

「ああ、いそがしい、いそがしい、ねこの手も借りたいくらいじゃ」

「ぼくの手なら、いくらでもかすよ」

かめばあさんと山ねこくんは、手をつなぎあって、としょかんのなかへ。

そのあとにやってきたおおかみ消防署長は、なんと、長いはしごを手にしていた。はしごといっしょに、としょかんのなかへ。

いったい、あのはしごは、なんのために？

あごひげ館長はあいかわらず、ぐうぐうおひるね中だ。みんなはとてもいそがしそうなのに、館長だけはなぜか、ひまそうだ。

おかしいな、と、ぼくは思った。

森のなかまたちが、問題を解決するための本をさがしに来たとき、としょかんのなかへ入っていって、答えの出ている本をとりだして

くるのは、あごひげ館長のだいじな役目だったはずなのに。

あごひげ館長にしか、できないことだったのに。

どうしてきょうは、その逆なんだろう?

ぼくは、切りかぶのテーブルの上におかれたままになっている、としょかん日誌に目をむけた。きのうのページに、このなぞをとく、ヒントが書かれているかもしれない。


八月十九日。ひまのちひまのちひま。

しかし、ひまということはいいことだ。

ひまなのは、森にこまったことがないからだ。
来館者二名。ひつじ局長と野うさぎパティシエ。
相談におうじる。相談ごとのないようは、

そこで文が切れている。
相談ごとのないようは？
つづきはきっと、つぎのページに書かれているのだろう。
ぼくはあわてて、そよ風さんをよんだ。
そよ風さん、早く来て！　ページをめくって。

つぎのページには、一行だけ、こんなことばが書かれていた。

「あたらしい森のとしょかん」オープンについて。

あたらしい森のとしょかん？

心臓がどきどきしてきた。このあいだ館長が見ていた、うちゅう旅行の夢に出てきた、あのとしょかんを思いだしたのだ。

まさか、あんな夢みたいなとしょかんが、あのどうくつのなかに、できるってこと？

ぼくは耳をすましてみた。
ドタンバタン、そうじゃない、それはこっち、これはそっち……
気をつけてよ、落ちないようにね……
これはあっち、これはどこ？……
いろんな声が聞こえる。
みんな、とてもいそがしそうだ。
ひまなのは、ハンモックのなかにいる、あごひげ館長だけだ。
館長、館長もいっしょに、手伝ったら？
葉っぱで館長のあごひげをくすぐって起こそうとしたとき、

「お待たせしました！」

野うさぎパティシエがやってきて、としょかんの入り口からなかにむかって、大きな声でよびかけた。

「さあ、みんな、ランチタイムよ」

野うさぎパティシエはそう言うと、両手にかかえてきたバスケットの中身をつぎつぎにとりだして、草の上に広げた。

うわぁ、おいしそう。

たまごサンドに、ツナサンドに、やさいバーガーに、チーズサンド。

アップルパイに、ブルーベリータルトに、シュークリーム。

「いただきます」

「いただきまーす」

みんなの声よりも先に、飛びおきたのは、あごひげ館長だった。

「おお、いそがしい。いそがしいぞ、ねているひまはない。ごちそうを食べないと」

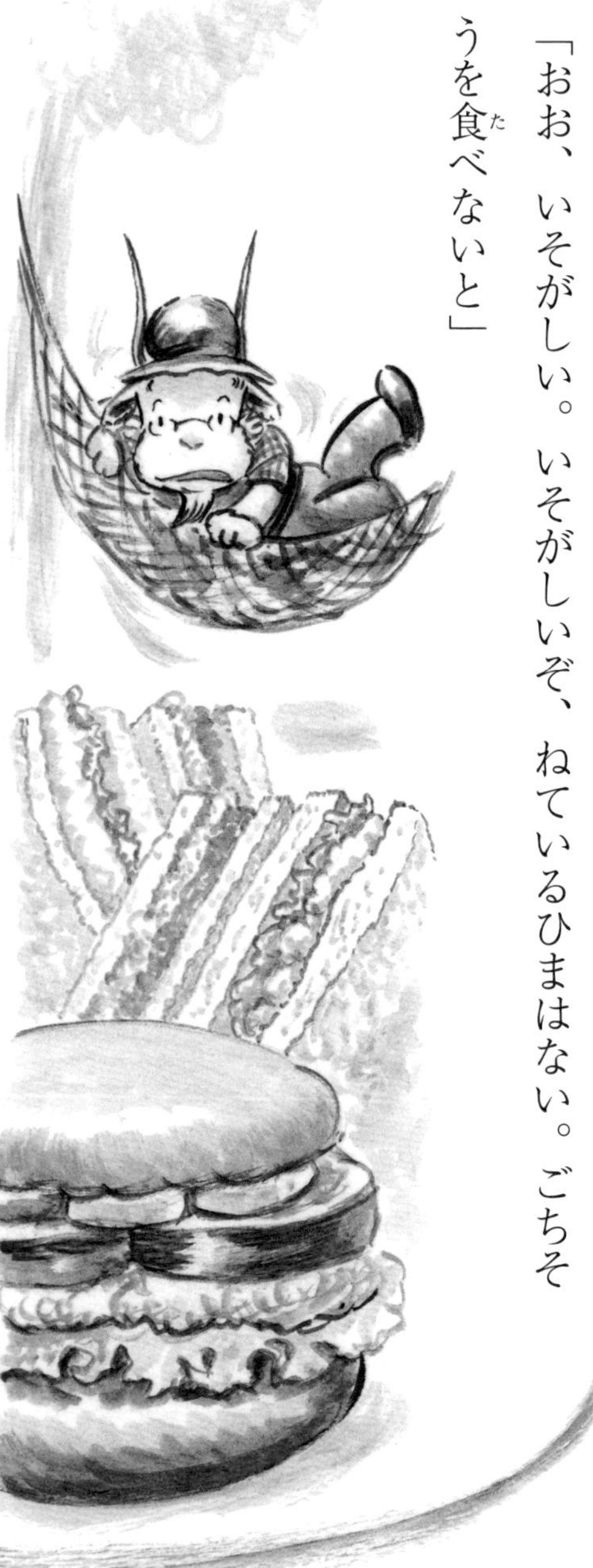

5

ひまで幸せな日

いそがしいのにひまな日から、一か月ほどがすぎたある日のこと。

「かえでくん、こんにちは」

「あごひげ館長、こんにちは」

りすのきょうだいのドンくんとグリちゃんが、森のとしょかんをたずねてきた。

いつものように、朝からすやすやおひるねをしていたあごひげ館長は、目をさまして、ふたりにたずねた。

「ふむふむ、きょうはどんな本をさがしに来たのかな？　何かこまったことでもあったのかな？　それとも、なやんでいることでも？」

「はい、ぼく、とってもこまっていることがあって」

「わたしも、なやんでいることがあります」

ドンくんとグリちゃんは、まんまるい目を、きらきらかがやかせている。へんだなぁ。こまっているようにも、なやんでいるようにも、ちっとも見えないんだけど。いったいどうしたんだろう。

ふしぎに思っていると、ドンくんはこう言った。

「宿題の読書感想文がうまく書けなくて」

そのあとにつづけて、グリちゃんが言った。

「なやんでいるの、ふたりとも」

あごひげ館長は、ねむそうな目をこすりながら言った。

「よしよし、わかった。感想文の書き方がわからないんだな。で、ふたりはどんな本を読んだのかな？」

ぼくもそれが知りたいと思った。

読書感想文というのは、本を読んでから、書くものだからね。

あごひげ館長の問いかけに、グリちゃんはしっぽを左右にふりながら答えた。

「本はまだ、読んでいないの」

ドンくんのしっぽも、左右に動いている。

「ぼくもです」

ふたりのしっぽを見ながら、あごひげ館長は、ずりおちそうになっているめがねをもとにもどした。

「なるほど。それじゃあ、感想文は書けないな。感想文を書くために、どんな本を読んだらいいのか、このわしに、すいせんしてほしいというわけじゃな」

ドンくんとグリちゃんは、声をあわせて答えた。

「おねがいします！」

「ふたりはいったい、どんな本が読みたいのかな？」

そのあとに返ってきた答えは、こうだった。

「心にゆうきがわいてくるような本」

「ゆうき、ゆうき、ゆうき、ふむふむふむー」

いつものように、根もとから先へむかって、あごひげをすーっと一回、なでたあと、「待ってなさい、すぐにとりだしてくるから」と言って、どうくつのなかにすがたを消す。出てきたときには、さがしだした本を手にしている――これが、今までの森のとしょかんだったのだが、今はちがう。

あごひげ館長は、切りかぶのテーブルの上に「あたらしい森のとしょかんマップ」を広げて、ドンくんとグリちゃんに見せながら、説明した。

「入り口からなかに入って、あ・か・さ・た・な・は・ま……のつぎ、右から八番めのたなの【ゆ】のコーナーにおかれている本だ。いつ、どうして、ここに、森のとしょかんができたのかがわかる。タイトルは『森のとしょかん誕生のひみつ』。この本を読めば、心にはゆうきがむくむくわいてくる。わくわくして、ドキドキしたあと、やさしい気持ちになって、そして、生きている喜びで、胸がいっぱいになる。その、いっぱいになった気持ちをだれかに伝えたくなる。

感想文もすらすら書ける。これで問題は解決できる。さ、ふたりでなかに入って、とりだしてきなさい」

「あごひげ館長、ありがとうございます！」

ドンくんとグリちゃんはなかよく手をつないで、どうくつのなかに入っていった。

ふたりを見送りながら、あごひげ館長は「ほくほく顔」になっている。

ぼくには、あごひげ館長の思っていることがわかる。館長はきっと、こんなことを思っているにちがいない。

――むむ、ほんとうに、夢のようなとしょかんになったぞ。本を読んで、なやみや問題を解決するだけじゃない。本をさがす楽しみと、さがしている本を見つける喜びと、それから、読む楽しみ。本のみりょくが大きく、うちゅうみたいに広がった。あの夜、夢に出てきたとしょかんにそっくりになったぞ。

入れかわり、立ちかわり、森のなかまたちがすがたをあらわして、朝から夕方までかかって完成させた「あたらしい森のとしょかん」の本は、コーナー別に分けられて、わかりやすくならべられている。

「マップ」には、コーナーの名前もしるされている。

【あ】かるい気持ちになれる本

【い】きる力がわいてくる本

【う】ちゅう旅行ができる本

【え】いがかんとくになれる本

【お】どろきと発見にみちた本

【か】なしみがじょうはつする本

……というふうに。

ドンくんとグリちゃんは今ごろ、【ゆ】うきがわいてくる本のコーナーへ行って、あごひげ館長のすいせんしてくれた本――『森のとしょかん誕生のひみつ』をさがしていることだろう。ひとみをきらきらさせながら。

ぼくもいっしょに読みたいと思った。

この森のとしょかんはいったい、いつ、できあがったのだろう。さいしょにつくったのは、だれだったんだろう。だれがぼくをここに、植えてくれたのだろう。

どこからともなく、そよ風さんがやってきて、ぼくの枝をゆらしはじめた。

見ると、あごひげ館長もハンモックにゆられて、気持ちよさそうに、おひるねのつづきにもどっている。

「ああ、ひまだ、ひまだ、ひまということは、いいことだ。ひまほどいいものはない」

ぶつぶつ、ねごとを言っている。

幸せそうなねがおだ。森のとしょかんが、夢の森のとしょかんに生まれかわってから、あごひげ館長はとてもひまで、とても幸せな日々をすごしている。

ぼくもおひるねしよう。
まぶたをそっと、とじたとき、
「あごひげ館長！　見つかり
ませんでした！」
ドンくんの声がひびいた。
追いかけるようにして、
グリちゃんが言った。
「さがしても、さがしても、
ありませんでした」

6 まいごの一冊

「ふーむ、ふーむ、ふーむ……」

さっきから、あごひげ館長は、ため息ばかりついている。

いや、あれはため息じゃない。鼻息だ。

切りかぶのテーブルの上に広げられている「あたらしい森のとしょかんマップ」を指でおさえながら、長い鼻息を出している館長といっしょに、ドンくんとグリちゃんも、マップをじっと見つめている。

「ふーむ、いったいどこへ行ってしまったのか」

右から八番めのたなの、「ゆうきがわいてくる本」のコーナーに

おかれているはずの『森のとしょかん誕生のひみつ』という一冊が、
どうやら、まいごになってしまっているようなのだ。りすのきょう
だいは、あごひげ館長のすいせんしてくれたその本を読んで、宿題
の感想文を書こうと思っているのだけれど。
「だれかが借りたまま、返すのをわすれているのかなぁ」
と、グリちゃんがつぶやいた。
「そうだ、かしだし記録を見てみよう」
ドンくんはそう言って、としょかん日誌のうしろの「かしだし記
録」のページをあけた。そして「かしだし中」のリストにのってい

る本のタイトルを、順番にチェックしてみた。

『森のとしょかん誕生のひみつ』を借りたなかまは、いなかった。

「おかしいなぁ」

「どこか、べつのたなに、まぎれこんでいるのかなぁ」

「もういちど、なかに入って、さがしてみようか」

「そうだね。『ゆうきがわいてくる本』がまちがって、『きぼうがわいてくる本』のところに入っているのかもしれないね」

「だけど、【ゆ】と【き】のたなは、ずいぶん、はなれたところにあるよ」

「もしかしたら『ゆうき』じゃなくて『げんき』のコーナーにあるのかな」

「【ゆ】と【げ】も遠く、はなれてるよ。あっ、もしかしたら、『くろくまレストラン誕生のひみつ』のとなりに、入っているんじゃないかな」

「あ、その本は今、かしだし中になってる」

「ほんとだ。こぶたくんが借りてるね」

ドンくんとグリちゃんの会話を聞きながら、あごひげ館長は、ますます長い鼻息を出している。まるで「おかしいぞ、おかしいぞ」

と言っているかのように、しっぽがクエスチョンマークの形になっている。

「あごひげ館長、こんにちは！　ドンくん、グリちゃんも来てたのね」

げんきな声があたりにひびいて、野うさぎパティシエがさっそうと、すがたをあらわした。

野うさぎさんは三人の顔を見て、ふしぎそうな顔になった。

「三人とも、どうしたの？　なやんでいることでもあるの？」

野うさぎさんの質問に、ドンくんが答えた。

「あのね、さがしている本がどうしても見つからないんだ。まいごになってしまったようなんだ。何か、手がかりはないかと、考えているところなんだ」

「そうなの、それはこまったことになったね。でもだいじょうぶよ。こまったことが起こったら……」

野うさぎさんのことばのつづきを、グリちゃんが言った。

「森のとしょかんへ行こう。あごひげ館長にたのめば、問題を解決できる本が見つかる……はずなんだけど、その本がどうしても見つ

からないの」

「こまったことになったね」

野うさぎさんの耳が、ぺこんと前にたおれた。

あごひげ館長は、野うさぎさんにたずねた。

「ところで、野うさぎちゃんは、どんな本をさがしに来たのかね？」

野うさぎさんは、テーブルの上の「あたらしい森のとしょかんマップ」をのぞきこみながら答えた。

「はい、まるで夢のような、すてきなレストランをつくるためには、どうすればいいか。どうぶつ料理博士か、どうぶつ旅行家の書いた本を読んで、研究したいと思って」

「ふむふむ、夢のようなレストラン……そういえば、いつかどこかで聞いたようなことばじゃが……思いだせん……しかし、その本はここには……むむむ……」

「わかった！　ここへ行けばいいのね！」

野うさぎさんは、マップの一か所を指でおさえた。

「ほら、ここよ！　右から三番めのたなの、【す】てきなお店がつくれる本のコーナーにきっとあるわ。あごひげ館長、行ってきます！」

どうくつのなかにすがたを消した野うさぎさんは、五分もたたないうちに、本をかかえて外に出てきた。

「見つかりました！　うれしいな。あたらしい森のとしょかん、大好き！」

それから、としょかん日誌の「かしだし記録」のページを広げて、本のタイトルと、きょうの日づけと、じぶんの名前を書いた。

と、そのときだった。

「むむっ」

あごひげ館長のさけび声があがった。同時に、鼻からめがねが落ちた。

ひろいあげたあと、館長はつぶやいた。

「その本は、その本は、その本は、ふむふむふむー」

つぶやきながら、根もとから先へむかって、あごひげをすーっとなでた。問題解決のための、いつものおまじないだ。

「その本は？」

ドンくんとグリちゃんは、声をあわせて言った。野うさぎさんの手にしている本を見つめながら。野うさぎさんも、その本を見つめている。

あごひげ館長は、なぜか空を見あげて、言った。

「その本は、くろくまシェフにかしだし中の本だ」

「ええっ！」

三人とも、びっくりぎょうてんしている。

ぼくもおどろいて、枝をゆらしてしまった。

い、い、い、い、い、い、い、い、い、い、い、い、い、い、
くろくまシェフにかしだし中の本が、どうして、ここにあるんだ？

ぼくは、野うさぎさんの持っている本のタイトルを見てみた。

『夢のレストラン誕生のひみつ』――。

そうか、そうだったのか。

これでなぞがとけたぞ。ぼくには、すべてがわかった。

あごひげ館長はあの日、くろくまシェフが旅に出る前に「ありがとうとさようなら」を言いに来た日、『夢のレストラン誕生のひみつ』を手わたしたつもりだったけれど、うっかりして、『森のとしょかん誕生のひみつ』をわたしてしまっていたのだ。

7　はらぺこ子やぎの見た夢は

野うさぎさんは、あごひげ館長にたずねた。

「ねえ、あごひげ館長、くろくまシェフにかしだし中の本が、どうしてここに?」

「むむむ、むむむ、それは、むずかしい質問だ、むむむ」

ドンくんが、たすけぶねを出した。

「館長、もしかしたら、館長は『森のとしょかん誕生のひみつ』を……」

グリちゃんが言った。

「まちがって、くろくまシェフに、かしだしてしまったんじゃないの？」

「いかん、いかん、そのとおりだ。まったく、わしとしたことが」

野うさぎさんの耳が、ピーンと立った。

「あごひげ館長、だったら、館長がふたりに『森のとしょかん誕生のひみつ』に書かれていたお話をしてあげたら？　だって館長なら、このとしょかんがどうしてできたのか、知ってるでしょう？」

「まあ、知らないわけではないが」

あごひげ館長は小さくうなずいた。

自信たっぷりな顔ではなかった。けれど、あごひげ館長はふたりのために、語りはじめた。野うさぎさんもいっしょに聞くことにした。もちろんぼくも、お話の大好きなそよ風さんもね。

「むかし、むかし……」

あるところに、やぎたちがあつまって、なかよくくらしている「やぎの森」があった。やぎの森の近くには、うさぎの森があり、こぶたの森があり、きつねの森があり、りすの森があり、くろくまの森もあった。みんなはとてもなかよく平和にくらしていた。

ところがある年のこと、おそろしい人間たちがやってきて、つぎつぎに、森をめちゃめちゃに破壊してしまった。しかし、やぎの森

だけは、人間に発見されなかった。森をなくしたどうぶつたちは、おなかをすかせて、やぎの森へやってきた。

「やぎたちはみんなに、ごはんを食べさせてあげたんじゃ。じゃが、なんといっても、どうぶつの数が多すぎた。たちまち、食べ物がなくなってしまった。草原にはもう草一本も残っておらん。もうじき冬が来る。どうすればいい？　このままではみんな、飢え死にしてしまう。そのとき、やぎの長老が言ったんじゃ」

「その長老って、もしかして、あごひげ館長のおじいさん？」

野うさぎさんの質問に、あごひげ館長はうなずいた。

「じいさんは言った。みんな、わしの家に来なさい。うちには先祖代々、あつめてきた本がある。その本をみんなで食べよう」

本というのは、紙でできている。紙は木でできている。だから、食べられるはずだと、やぎの長老は考えた。

みんなは長老の家にあつまって、本をむしゃむしゃ食べはじめた。あっというまに、本はなくなっていく。このままでは本がぜんぶ、なくなってしまう。だが、みんなは食べるのをやめられない。

「そのときじゃった。一ぴきのこやぎが声をあげたんじゃ。こやぎは、一冊の古い本を見つけた。タイトルに心をひかれて、食べる前にちょっとだけ読んでみた。そこには」

あごひげ館長の話は、そこで急にとぎれた。

「そこには？」

「どんなことが書かれていたの？　どんな物語？」

ドンくんとグリちゃんが、いすから身を乗りだすようにして、たずねた。

「ええっと、どんな物語じゃったかな、あれは、むむむ、むむむ、思いだせん。うむむ、うむむ」

あごひげ館長がひたいに手をあてて、うなっているところへ、チリリリリーン。

あっ、ひつじ郵便局長がやってきた。

いつもの制服を着ている。どうやら配達にやってきたようだ。

ひつじ局長はにっこり笑って、ドンくん、グリちゃん、野うさぎさん、あごひげ館長の顔を順番に見たあと、かばんのなかから、ふうとうをとりだした。

「みんなに手紙がとどいたわよ。お待ちかねの、くろくまシェフからのエアーメールよ」

「わあっ、すごい」

「外国からの手紙だ」

「今、どんな町にいるのかな」

「町じゃなくて、きっと森からよ」

「いや、うちゅうからだろう」

みんなは、はじめて目にするエアーメールのふうとうに見とれて、『森のとしょかん誕生のひみつ』のつづきのことを、一瞬、わすれてしまったようだ。

あごひげ館長は、ほっとしている。やれやれ、たすかった。わしにはもうあれ以上、思いだせん。

「さ、みんなでいっしょに読みましょう。わたしが読んであげる」

ひつじ局長は、ていねいにふうとうをあけると、なかから手紙をとりだして、コホン、と、せきばらいをひとつ。

それから、ゆっくりと、くろくまシェフの手紙を読みはじめた。

ひみつの森のみなさんへ
ぼくはいま、ちきゅうの南のほうにある、でっかい海の見える「きぼうの森」に来ています。ここには「しおふきレストラン」があって、ぼくはそこで、くじらの料理長から、夢料理のつくり方を

教えてもらっています。

ときどき、ひみつの森のことを思いだして、みんなに会いたくなって、さびしくなります。そんなときには、あごひげ館長のかしてくれた『森のとしょかん誕生のひみつ』を読むことにしています。

この本を読むと、ぼくの心には、ゆうきとげんきが、いっぺんにわいてくるのです。

食べるものがなくなって、みんなで本をむしゃむしゃ食べていたとき、こやぎちゃんの発見した一冊の古い本。タイトルは『はらぺこ子やぎの見た夢は』。こやぎちゃんはその本を食べるのをやめて、

そこに書かれている物語を読んで、みんなに教えてあげた。そうしたら、みんなの心には、ゆうきとげんきがいっぺんにわいてきて、ふしぎなことに、おなかもいっぱいになってきた。

そこまでが一枚め。ひつじ局長は、一枚めのびんせんを二枚めのうしろにまわして、二枚めを読みはじめた。

そのとき、ぼくはあることに気づいた。

それまでみんなといっしょに、ひつじ局長の声に耳をかたむけていたあごひげ館長が、いつのまにか、いなくなっていたのだ。

あごひげ館長、いったいどこへ行ってしまったんだろう。

みんなは手紙にむちゅうになっていて、あごひげ館長がいなくなったことには気づいていない。


げんきいっぱいになったみんなは、力をあわせてがんばって、こわされた森に木を植えて、草のたねをまいて、「ひみつの森」をつくった。物語には、一冊の本には、森をつくる力があった。すごいなぁ。本には、すごい力があるんだなぁ。

そして、こやぎちゃんは決心した。「大きくなったら、としょか

んをひらこう。森にとしょかんをひらいて、どうぶつたちの心に栄養をいっぱいあげよう」って。

ひみつの森にもどったら、ぼくも『はらぺこ子やぎの見た夢は』を読みたいです。こやぎちゃんはきっと、本とおひるねが大好きなやぎさんだったんじゃないかな。

ではみなさん、おげんきで。またお手紙を書きます。

野うさぎパティシエ、レストランのこと、よろしくたのみます。

くろくまより

ちょうど、ひつじ局長が手紙を読みおえたとき、あごひげ館長がとしょかんの入り口からすがたをあらわした。

手には一冊の本を持っている。

館長は言った。

「ドンくん、グリちゃん、この本を読むといい。そうすれば、ゆうきとげんきがわいてきて、感想文もすらすら書けて、おまけにおなかもいっぱいになるぞ」

あごひげ館長が手にしている本のタイトルは見えなかったけれど、ぼくにはわかったよ。みんなにもわかったみたいだね。

みんな、にこにこ顔になっている。

本の表紙には、かわいらしくてかしこそうな、こやぎの絵がかかれている。そのこやぎの顔は、だれかに似ている。だれだろう？

だれかな、だれかな、だれかな。

野うさぎさんがおまじないを三回、つぶやいた。

つぎの瞬間、みんなはいっせいに、あごひげ館長の顔を見た。

作者●**小手鞠るい**（こでまり るい）
1956年、岡山県生まれ。同志社大学法学部卒業。小説家。サンリオ「詩とメルヘン賞」、「海燕」新人文学賞、島清恋愛文学賞、ボローニャ国際児童図書賞を受賞。
おもな児童書の著書に『はじめてのもり』『ルウとリンデン　旅とおるすばん』『やくそくだよ、ミュウ』『ミュウとゴロンとおにいちゃん』『お手紙ありがとう』『お手紙まってます』『きょうから飛べるよ』『お菓子の本の旅』『思春期』『あんずの木の下で』『シナモンのおやすみ日記』『ねこの町のリリアのパン』『ねこの町のダリオ写真館』『いつも心の中に』『きみの声を聞かせて』『心の森』（第58回青少年読書感想文全国コンクール課題図書）『くろくまレストランのひみつ』をはじめとする「森のとしょかん」シリーズなど多数。エッセイ集に『優しいライオン―やなせたかし先生からの贈り物』がある。ニューヨーク州在住。

画家●**土田義晴**（つちだ よしはる）
山形県鶴岡市生まれ。日本大学芸術学部油絵科卒業。
1980年、『にわのはな』で絵本画家としてデビュー。絵本や児童書、教科書のさし絵を多数手がける。
おもな作品に『うたえほん』『きいろいばけつ』（第32回青少年読書感想文全国コンクール課題図書）『ゆめをにるなべ』（第41回課題図書）「ごちそう村だよりシリーズ」『このはのおかね、つかえます』（第50回課題図書）「14の心をきいてシリーズ」『ふたりはいつもともだち』「あらいくんシリーズ」『くろくまレストランのひみつ』をはじめとする「森のとしょかん」シリーズなどがある。
ホームページ
http://ume.sakura.ne.jp/~yosiharu/yosiharu/index.htm

装丁／ＤＯＭＤＯＭ
編集協力／志村由紀枝

森(もり)のとしょかんのひみつ

作●小手鞠るい　絵●土田義晴

初版発行—2018年9月　第5刷発行—2020年11月

発行所—株式会社金の星社
〒111-0056 東京都台東区小島1-4-3
電話 03(3861)1861(代表)　FAX.03(3861)1507
ホームページ http://www.kinnohoshi.co.jp
振替 00100-0-64678

印刷——株式会社廣済堂
製本——牧製本印刷株式会社

NDC913　ISBN978-4-323-07417-7　127P　19.5cm

Published by KIN-NO-HOSHI SHA, Tokyo, Japan